白晝之花

Flower of Daytime

楊瀅靜

目錄

輯二——虛線暗藏靈魂實線埋藏地雷

輯三——葡萄般的串連，人生頻頻結果

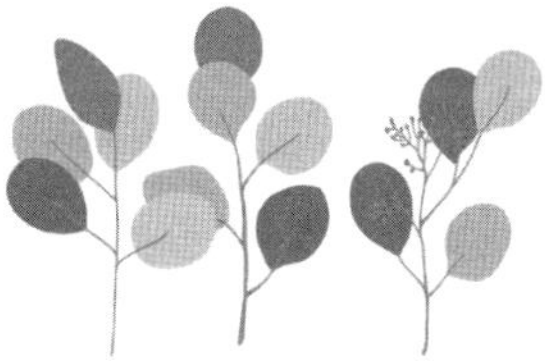

【自序】

無中生有，有不能無

已經是第四本詩集了，相對之前三本書都在秋冬時節出版，這本詩集出版的時候已是春天，也悄悄呼應了《白晝之花》裡綻放的「花」的意象，繁花盛開的時候，有一本詩集要出生了，那時已經是可以不戴口罩的季節了，那時已經是人們不懼怕疾病的季節了，而世界上正在發生的戰爭到那時也會結束吧？

最近一兩年，因為重心轉移去寫不同的文類，所以寫詩的量也逐漸少，即便如此，詩仍是所有創作類型裡，對我來說最嫻熟也最能讓我放鬆的。或許一開始，總在各種真情實感之後，詩是身心俱傷的紀錄產物，但現在詩對我來說卻擁有不同的意義。我喜歡詩，是因為它既掩蓋又真實，長話可以短說，避開明說，我暗裡說，而展露出來的即使令人摸不著頭緒，卻又保有魅力。更重要的一點是，現在的我寫詩，不用再像以前一樣赤裸，卻已能自如的表達，就像畫自己的肖像畫，我可以選擇性的畫出自己的片面，或選擇一種並不寫實的方式，有些讀者想在其中拼湊我的真面目，只會發現各種不真或者真，情節不真，話語不真，人物不真，唯有感情的核心是真，但只要感情是真，那麼詩中的一切又都為真。我作為一個寫詩的人，只要一被碰觸就會畏縮，所以包了層層的繭，讓自己安全，而繭抽絲之後，可以是好的織品，織就一首詩的外衣，繭是詩的技藝，在層層意象以及韻律句法之後，我把自己藏匿在安全之處。對我來說，詩也可以是全然虛構的東西，是一幅畫面、某個瞬間的感受，或者是一個長長的故事。有時候我很快就構造好了，迫不及待想要寫出來告訴別人，有時候我得在腦海裡過濾排演好幾遍，才能夠把整首詩的鷹架搭構出來，確保情節陳述是流暢的，閱讀的過程裡，一個鏡頭一個鏡頭的躍現出來。寫詩的人與讀詩的人，他們未必能在同一條路上通行，卻能挑選各自適合自己的頻道，寫詩的人釋放了想像，而閱讀的人得到了撫慰，雖然最後對於詩意的理解可能不太一樣，但都各安其所，從同一首詩裡，擁有了殊途同歸的歡喜。

繼續借用畫的意象，這次我想從安東尼．馬拉的《我們一無所有》談起，小說以一個肖像畫家羅曼．馬爾金的故事開頭，雖然身為畫家，但他的職責不是創作反而是摧毀，他負責將所有叛亂分子的顯影在照片或畫作中塗銷，所以他也塗毀了自己的弟弟異議分子沃斯卡的臉，之後卻又不著痕跡的在每一幅自己審查的畫作、相片中，將弟弟的肖像偷渡繪入，藉此保留住弟弟存在過的痕跡。我想藉由這篇小說對文學與社會（時事）之間的關係，粗淺提出我的感想，從《擲地有傷》開始，有幾首詩裡我放進了自己對於社會觀察與時事的感受，然後到了《白晝之花》，這類型的作品更多一些，統一收錄在一輯裡。寫序便是重新整理自己對詩的看法，我問自己為什麼要這樣做？為什麼要寫下這些作品？這兩三年世界劇烈的變化，深深的影響了我，讓我知道有時不僅僅是面對「人」，整個生活環境的改變，也會讓人感受到巨大的憂傷與不安，就算足不出戶，但每天看著新聞以及網路消息，知道外界的動態，人的心靈就已經得承受震幅太大的地震好幾次。比如說我難以忘記香港中文大學被圍困的那晚，我在捷運上反覆不斷查閱新聞，跟隨不同媒體的最新報導，仍心存僥倖的以為情勢會轉好的，但抗爭的學生並沒有得到任何運氣，心裡憤怒難當，不知道為什麼純真善良的好人要受到這種對待；比如疫情如火燎原到臺灣不得不三級警戒時，旁人與旁人刻意隔開，全都面貌一致以口罩示人，心的美醜比臉的美醜更容易浮現，然後所有的教學轉為線上課程，我白日對著電腦自言自語圍困於室，唯有夜深自己一人才敢在社區中庭漫步，在無人的空間獲取乾淨的呼吸；也想起某天晨起得知烏克蘭被俄羅斯攻擊，不可置信一夜之間戰火可以任意被發動，只要掌握權力的人起心動念，僅一念之間許多生靈赴死，村莊俱焚，而恃強凌弱的戰役到今天仍舊持續。因為這些我不理解的事情發生，我理解了人不能避世而存在，再怎麼孤僻的人，有一部分的喜怒還是會被左右，個人的大好大壞個人承擔，世界的大好大壞卻會背負在每一個人身上，強迫人去接受，那重量還平均不了。那麼在這樣的情況下，一個寫作的人能做些什麼？

如果藝術創作的權柄在當權者身上，那就像羅曼·馬爾金的反思：「身為皇室藝匠，他是否意識到一個人的藝術創作就像政治觀點、道德感和信念，全都受制於當局授予的權力？」文學因此有了官方潮流，要寫自己想寫的東西必須得想方設法為自己尋得一紙的角落或是縫隙，才能突破重圍一點點，而今我能擁有一張白紙，光明正大寫自己想寫的東西，我很喜歡並且珍惜這樣的自由空間。余華曾經做過一個比喻，他說：「如果把我們的現實當成一個法庭，文學不是原告不是被告，不是法官不是檢察官，不是律師不是陪審團成員，而是那個最不起眼的書記員。很多年過去後，人們想要知道法庭上發生了什麼時，書記員變得最重要了。所以文學的價值不是在此刻，那是新聞幹的活，而是在此後。」我願意當這個時代最不起眼的書記員，通過我個人雙眼的見識以及內心感受的震盪，將那些影響我的大事變成詩，通過句子記錄下來。

所以我想，詩對我來說，可以是無中生有，也可以是記住有，而不讓它烏有。所有我感受到抽象的以及具象的世界，我將那些擲向文字，它們得以一一現形，在一本書裡。

二〇二三年三月

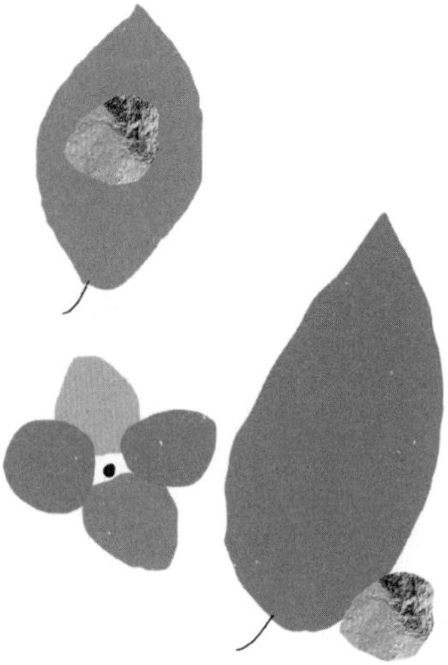

輯一

為了一件美麗的事

世界是好看的，造就任何一物，賦予他們色彩，所有的自然皆美。我站在這裡，不曾給過世界好處，也幾乎沒有用處，但世界接納我，讓我在他裡面散步、跑步、走路，睡去又醒來。

有時我會蹲在凹陷處不發一語，但只要在陽光底下，就能感覺世界體溫。而風，理過草原的平頭、湖泊光滑的臉龐、不平的石子坎途，也擦肩過所有的人類。我聽見風在一一唱名，或許所有的事物被命名，都只是為了得到一聲溫柔的叫喚，而那些被唱出的名字裡，有一個是我。

開始

黑夜病了
星星是傷口
成千上萬
流淌的月光是血液
鳥飛過了
牠的翅膀金碧輝煌

有人失眠
有人睡去

厚重的震動是鼾
淺薄的鼻息是生活

有時風來
他吹我
想成為我
用我的腳去行重重的路
走進月光
深入夜裡
有人的地方就有葬禮

早上披著白紗來
風一掀開有一張金黃的臉

我緩緩醒來
發現又重新誕生在這個世界裡

偽裝

命運的暴風吹我
吹得我全身都痛
我的一生千瘡百孔

但我要我愛的人以為
那只是微風輕柔
緩慢的唱出一支曲
唱到黑暗大塊大塊被光明淹沒
唱到天色鮮血又逐漸暗紅

而他會說日出清秀
日落美艷不可方物
都像妳的歌裡有鮮明的面目

好像我長在他的夢裡
只為了唱歌取悅
讓安居的人有柔順如髮的睡眠
然後他會說
妳的裙擺真好看
鞋子也是
是紅色的拖曳
紅色的來過了

好人的疲憊溫柔
好人的痛楚和平
好人的血肉也會模糊
像泥

白晝之花

孤獨的人是
照耀黑夜的路燈
讓身邊的人都變成過客
他光明的站在那裡目送
他們走入深沉
再也回不到同一條路上

花開的時候想讓你也看看
卻只能在路燈下
告訴你方向

你就去那裡吧
被黑暗吞噬以後
自然有光
在那裡花開得漂亮
連凋零的花瓣都亮

乾淨

草延長了它的手
剛好搆住了花的臉頰
清晨所有的植物都愛哭
有一滴清澈的水流下

鳥以為天空那兒有牠遺失的羽衣
一團棉絮翻來轉去
白的也變舊變髒
悄悄的洗了個澡
變成低垂著水的雲

我望著他目不轉睛
他能否看穿我的靈魂輕盈
因為被草輕撫
又被雨洗淨

有一隻鳥將牠的白羽留給了我
有綻放的花朵別在我的鬢髮間
感覺我是那個美麗的人
因為深信他愛上了我

五月

陰陰的五月
花開在暗處
點菸的手是白的
他從嘴裡抽出一點火花

我想摘下那朵花
以為那會很痛
但那只是五月尋常的挫折
我跌倒過在四月、三月以及二月
一月的時候我還能像一堵牆站著

到了五月
牆上爬滿了綠藤

那種纏法是藤的
可能一開始會疼
過太久我就忘記了
自己仍是一月的牆
但纏滿了綠色的繃帶
在五月

可能

夜最凶的時候還是有星星的溫柔
水流般的過時間
感覺一切如常但
房子白的開始變舊
喜歡乾淨的人
生活卻老是失手摔碎你

實在的空虛
在身體裡冷著
安全的生活裡

有寂寞的狼群在咬
拿生猛的字碰你
你就寫詩

是不是要髒成土才有花開的可能

在路上

這裡全是綠色
瑟瑟的葉一掌一掌有自己的手相
我怕
怕沒有一朵花開可以給你
豌豆般的露水
滑梯般的落下

風在瘋狂咬著那些
綠與綠互撞
一小枚腫的花苞

怯生生的探出頭
你問我痛嗎

磨了鞋的腳跟
也有一朵花
從破皮的地方探頭
在要去接你的路上紅紅的長

夜鶯與玫瑰

握在手上的刀子
變成了玫瑰
反正結局都是紅色
荊棘覆蓋進手指
我喜歡為了你流血

一整個晚上也不熄滅
鮮花一盞一盞的怒放
儘管最後的命運都是凋謝

擔心那些字
和玫瑰一樣艷
有時握住的筆是刀
將語言掏心
肺腑之間容易坦承不諱

花朵燃燒
夜鶯泣血
我的花園可歌
你的荒原便全開滿玫瑰

水的祕密

你去淋一淋雨
讓它告訴你水的祕密
音節一滴兩滴
一句兩句
不會只是三言兩語

你的傘很好看
它應該擁有最淋漓盡致的雨季
它應該緊緊包裹住你
它應該握在我手上

陪你一起傾聽
那些千言萬語
以耳語的方式
滴答滴
滴答滴

熱烈

因為很輕很輕的吻
和一句小聲的叮嚀
笑語像虛弱的鈴鐺
響徹靜謐的原野

微微的火光在黑暗中亮起
它的美在於隨時被吹熄

於是將手移過去
掌心開得如此熱烈

熾出小小的花苞

我曾經感受到愛

我曾經觸摸過活

為你解釋命運

在大草原醒來
我覺得快樂
採摘那些茂盛青草裡的野花
想帶你回自己的房間欣賞

在雪地裡死去
當雪花落在髮上斑駁的白
你看起來很老
踩出來的腳印也漸漸被雪消滅

草原與雪地中間
抵達過溫暖的懷抱
也忍受住刺骨的擁抱
並不是每個人都愛你
有時候你覺得傷心
大部分會釋懷那就是命運

而命運是什麼呢
有時變好
有時更壞
看過蟲蟻飛舞掉翅
見識雪花飄落然後泥濘

這樣的你
面對不好不壞的時候
更心懷感激

有願

有太多的話要説
流星只是揮揮手
像湯匙瞬間挖走最好的心願
然後全部墜毀

很小的事

想你是一件很小的事
尤其在宇宙之間
這點愛微不足道

卻有能力使一顆星星死去
為了你要許的那個願望
天空掉下一滴晶瑩的淚光
隱身於滿天星斗之中
想告訴你有一個人
今夜想你

流離

活著在艱困的時候愛人
愛人的時候又感覺自己艱困
只好安慰自己
雨季很短
人生很長
但沒有你的一生全都是雨季

迷你

我的心很小
你住下來以後
往來於臥室客廳
把世界留給其他人類

這麼遼闊的土地
山河海泊多麼美麗
他們卻計算坪數
計較誰付出的多少

爭執大片的風景該屬於誰
他們不美

我那麼小的心
剛好夠一粒種子發芽
一朵花開放
一陣風吹過
一個人立足

那些捧在心上的事
都那麼細微
那麼小巧
那麼剛剛好

如常

小王子說：「那一天，我看了四十四次落日。」

我的星球很小
小到只是一間屋子
每夜我仰躺入睡
行星與行星在我頭頂互撞
墜毀成塵
滿天沙暴
身在其中

呼吸如常
睡眠如常
塵封如常

彷彿歷劫重生

早上起來
抖落一身夢魘
謹小慎微堪比棉絮
人是空的
感受卻是實心的
有人開門進來
放進一陣野風
一粒孤星

我的宇宙容納
我的宇宙姑息

老天使

我拿雲朵織補我的缺口
最後它成為翅膀
雖然上面布滿毛球以及補丁
但它堪用好用

我喜歡我的白是破舊的白
它不黑
它的絨毛沒有烏雲
滄桑中保持著潔淨
於是我還擁有晴天的可能性

得失

我不清楚我錯過了什麼
但別人總錯過我
他們擁有過站不停的篤定
又執著又熱情
我猜他們後來都得到更好的
而我沒有再遇上誰
但沒有悲傷
因我沒有失去

如果想

只需要睜開眼睛就會遇見
比方說我喜歡那片風景
但我留不住風
花會枯萎
果子太年幼

我還遇過一扇門
門上有生鏽的鎖
鎖頭老朽
但至少它鎖過
並且確知自己鎖住的是寶
不會是一場空

輯二

虛線暗藏靈魂實線埋藏地雷

我的靈魂去了遠方，去探望和我一樣相似臉孔以及相像情境的人們，那些人戴著口罩，說出另外一種不同的語言，然後開始跳起房子來。

參與遊戲的人越來越多，倖免於難的人越來越少。

我在旁邊尖叫：「小心，有些格子埋有地雷。」

然後有一個「我」從房子最上方匍匐前進，蠕動身軀，充當墜落。

我在旁邊警告：「注意不要雙腳踩線。」

然後有一個「我」躍出格線之外一點點，徹底失去自己的家園。

全程小心翼翼單腳互跳，但若我失去腳，該如何玩這樣一場遊戲？如何得到一個靈魂倖存於肉體裡面的機會？

作為一個旁觀者，我開始思考起來：「如果我的靈魂在這裡觀看，那麼我的肉體又在哪裡？」

六月四號的廣場

輕盈的轉來返去
他們說有些同學在
青春的廣場聚集

你的腳踏車是銅與鐵
你不是
但連銅鐵都是脆弱的
在威權的坦克面前

有人在吼
憤怒之後變成了歌聲
人與大地同體
血肉相糊
死去的不是家具
而是家庭一個又一個的

餘音於是裹了魂
繞在時代的樑上一圈又一圈
當時無處可去
之後便到處可棲

坦克與玫瑰

誰給你火的身體
誰給你火的語言
誰用血覆蓋血
雪降落雪
廣場鮮血淋漓
廣場潔白無瑕

誰家的少年野豹般的兇猛又脆弱
誰家的少女花朵般的鮮嫩又似玉

他們都是玫瑰
用身上的荊棘去對抗猛獸
而苛政猛於老虎

當坦克夷平花海
人群沸騰如跳舞的火山
有一條長長紅色的絨毯
底下是不死的根脈
來年再為你盛開玫瑰花園
當你坐擁坦克之時
我卻心懷玫瑰哀艷

十二歲的廣場——寫給香港反送中最年輕被告

「我只有十二歲／我垂下目光／早起的幾個大人／不會注意／一個穿舊衣服孩子的思想」

——顧城

然而他們注意到了
像一枚子彈般銳利的目光
輕鬆的拎你
用警棍提攜
對鄰家調皮孩童
施以最嚴峻的懲罰

騎馬打仗的是大人
而你被迫成人
遠離家家酒的屋簷下
這個廣場正在拍片嗎
警匪流竄於街道
許多人末路窮途被指為寇

你的一隻腳本該還踩在童話書裡
那柔軟好摸的彩色雲朵
如今卻置身於史詩劇本中
戴著防毒面具吶喊出革命的口號
而雲朵蔓延成大霧

現實之中瀰漫所有下雨的人
他們涕淚縱橫

淚光與血光在這裡皆有可能發生
轉角又遇見那個賣火柴的小女孩
她贈予你一盒火柴盒
第一根火柴祈願自身無憂
第二根火柴懇求家園無慮
第三根火柴祝禱國境和平
當小女孩終於憨憨入睡
你羨慕她仍有夢嗎
而你失眠未眠
終於在快樂王子矗立的廣場失去了童年

二十三年

我還小
但這個國家讓我晚景淒涼
我剛長大
長高的路上煙霧瀰漫哀傷無以名狀
我非常老
老到一夜之間看到國破家亡

注：2020-1997=23

個人的口技

他喜歡收集大自然的聲音
去野地裡錄下那些，在城市的每個角落反覆聆聽
聽覺複習視覺，所有天籟打散
在腦海重新打造自己的家園

現在他年輕單身，在客戶之間遊走
不在意存款偶爾能有奢侈的享受
景氣不好卻始終能夠溫飽
在進食間午休時，聽陽光灑落
草昂首、花垂腰，連灰塵或輕或重的踢踏舞

他都能數算出步伐
有時天氣不好，雨打髒地面
雪油漆寒冷，他知曉自然界各種飄落
但飄零的聲音不一定落魄

他喜歡一次一小步慢慢的聆聽自己
腳踏實地的聲音，然後走進了婚姻
晚婚的風景不再輕鬆，提醒他
生活未必輕易，當妻子嘮叨小孩哭鬧
想起過往那些無拘束的聲響
暴風雨的咆哮比不上現實嚴厲
生活是薄冰，內心脆弱行旅

他想寫什麼又劃掉，白紙蹂躪出
簌簌的悲鳴，紙團也能背負皺紋
於是他錄下警訊，可以漸強也能變弱
瑣碎的硬幣鏗鏘吵雜
和墜跌的字句同樣言之成理

他心裡茫然，整個人又露宿在森林裡
只要一點點風，大地的頭髮散開
夜暗的像年輕的髮色
樹蔭、草叢是高高低低的馬尾巴
在髮量濃密的夜色裡，有人不斷搖頭
用那些馬尾擊打他巴掌
能否將一切取消，茫然的人走在霧裡

現在有人問他白煙的聲音
他會說像哭泣，網路上的照片
武裝的警察丟出人造煙霧
人民被激盪出國殤日的降雨量
是否能愛自己的國家變成主要思索的問題
是時候配上暴風雨的聲音
忽而是風忽而成雨
對這個時代閃電

轟隆轟隆轟隆人群聚集了
生產出當頭棒喝的雷鳴
他掏出雨傘其他人也是
那可以隔絕抵擋什麼嗎

巨獸一頭一頭襲擊而來噴出水或者煙
那些獸本來也跟他們一樣擁有人形

他想錄下反抗
卻聽見自己在雨傘底下小聲的喊著救命
救自己，他撐開傘準備
以及他人的命，他人收傘用傘柄去戳獸的身體
配合無間，他與他人站在一起

那一刻近似地震
有人奔跑成地面的雷
是不是他的腳呢
還是別人的腿斷在地面

革命的人有些被革了命
而活下來的人類噤聲
在街頭放下花束悼念死去的人
整個城市非常安靜
他已聽不到任何聲音
腦海循環播放大自然的音效
鳥鳴之後振翅
但這個城市已經飛不出去

我們把爸爸留在基輔了

我們把爸爸留在基輔了
接下來他會遇到什麼？也許
與另外一個孩子的爸爸
他們茫然對視，以侵略與被侵略者的身分
雪下在他們之間，寒冷的呼吸白茫茫像
兩道冷箭角力，為了爭奪底下的土地
幾乎無法用體溫抵禦，極度嚴寒
死神就是暴風雪，降落在他們面前

但春神也曾拜訪過這裡，那時
這城市真美敞開和平的臉
爸爸對著遠方的俄羅斯觀光客微笑
介紹他好的景點及食物
順勢推銷攤子上的各種紀念品
而我走上前與對方的孩童遊戲
把手上的糖果分給對方
贏得了更甜美的友誼

說好轉個圈奔跑，在市集在廣場
在街道，誰知道有這麼一天

這些遊戲、生活的地方全被炸毀
密集的槍炮蓋過生活的喧鬧
死氣沉沉，白被黑所覆蓋然後
雪落下了，夠深夠大的雪
也遮不住那乾涸的黑，我們認識的
與不認識的，有很多人躺睡在那裡
走在路上偶然遇見樓下的叔叔及
住在對面的姐姐，他們也睡在那裡
我蹲坐問候，他們眼睛緊閉不做回應

爸爸啊爸爸，當你和別人的爸爸面對面
你會比較勇敢嗎？像個大力士

那麼就不會輸嗎？我不喜歡會輸的遊戲
輸的人不會開心，贏的人也覺得僥倖
就像媽媽不喜歡你玩牌，不喜歡我打架
她說那一切全憑幸運，而如今
活下來也是一種畢生的運氣

在雪和子彈一起落下的時候
我們把爸爸留在基輔了

大疫期間的健身運動

我的教練告訴我有整整兩個月
早上八點，他對著無人的空間
與十二台器材面對面
像是陪伴十二個跟他一樣孤寂的人
坐在他們各自的懷裡，直起腰桿上下旋轉
或是挺身站立，左搖右擺不斷下傾
俯低姿態臀部抬高，左右小腿交互後蹬
一次一台，總共十二次的肢體動作
從扭曲對抗到相互合作，將自己的汗

遺留在那些空懸的機器身軀上
再用酒精仔仔細細，一遍一遍的愛撫
沉浸在無法描述的氛圍，說服自己
貧窮但是安全，在一個人與十二台機器之間

直到有人推開門，外面的空氣湧入
熱氣與冷氣在一推一拉間，從互相嗅聞到融合
恐怖感瞬間發生，他啞口難以表達
看著另一個又另外一個人魚貫的進入
這些日子舊會員們彼此已經怕生
幾乎不再交談，戴各種色彩豔麗的口罩
及防塵手套，努力在群體中保持警覺

不刻意與人接觸，時刻擔心自己的身體
是否已經沾染上他人的汗水及唾液
將身體擦了又擦，雙手洗了又洗

於是每次前往健身房都像是一種冒險
與人相愛也是，此刻我不知道
他是不是一個染疫的人，正如
他也猜疑我是否健康一如外表開朗
在一連串器材運動之後，我投向他
準備經歷另外一場大汗淋漓
身體與身體之間的互相角力
是兩情相悅還是各懷鬼胎

我們不過是兩個裝滿液體的容器
最終互相碎裂污染，還是形成
壁壘分明的邊界，各自轉身懷抱
不可名狀之內容物，保持安全距離

身體要如何才不是困境，肉身裡
有一顆受盡折磨的心，反覆的恐懼
我想起我的教練，在瘟疫的清晨
一個人在十二台機器的房間裡
沉默的鍛鍊自己，那乾淨且安靜的兩個月
卻也時時感到匱乏，關於愛與經濟的問題
走出健身房，熱烈的陽光之下

蜷縮在電腦之前，奔波於政府機關之間
與運動同樣需要淌汗，有多次甚至流了淚
在補助金額間斤斤計較，計算自己搶得殘劑的機率
會不會比遇見一個染疫的人還低

大風吹

所有的人都會記得這段歲月
像拖得很長的陰雲綿綿
最後吞掉了每個人的影子
並且不會降水
在悶悶的天空當中
飄來一朵匱乏、一朵戰爭、一朵疾病
黑壓壓的厚雲朵
心裡想要的那個世界
只是和平

天氣有時好，有時壞
總是具備充足的能量
長了樹開出花
你快樂的笑了和你的小孩
你們都不生病
因為今天世界沒有事情發生
新聞說沒有，鳥兒說沒有
鄰居說沒有，只有風說了很多
但都只是在閒聊

這麼健談的風你常常遇見
你的小孩會和他玩大風吹

他吹走了一朵匱乏、一朵戰爭、一朵疾病做的黑帽雲
吹你的小孩，讓她充滿活力的跑在時間之中
再吹出一朵潔白的雲朵送她
讓她戴著戴著
就變成一朵蒲公英花

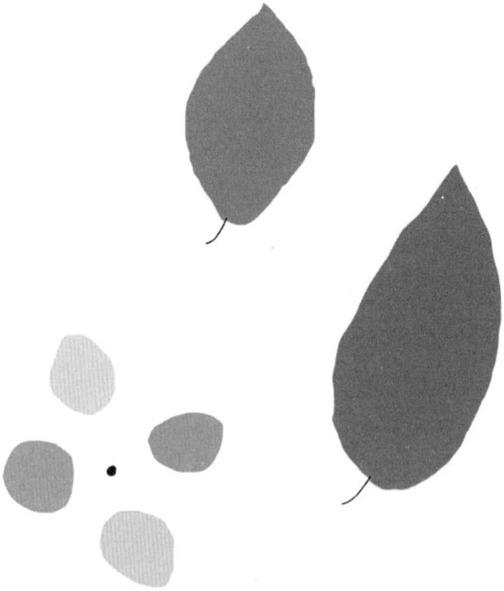

輯三

葡萄般的串連，人生頻頻結果

貼在牛排店牆上的解剖圖，你指定了要嚐嚐哪些部位的滋味。
於是手起刀落，我所知的全牛豁然瓦解。
我留下的這些，全熟；你取走的那些，嗜血。

紙船心事

1

冬天令她悲傷
夏天感覺煩躁
春秋兩季幾乎沒有存在感
像極她

在人群之中整個透明

時時想將自己寄出
如果當作一樣禮物
收到的人或許會欣喜

但不知能將自己給誰
情緒常常沉沒
是紙做的船
耐不住太多波濤

海洋是一個臉盆
她的世界巴掌大小
小到只要有人離開
一次告別就足以讓臉盆傾倒

對於傘來說
只是傾盆大雨
淋溼就算了

她比傘脆弱
她是紙張
善於記載卻無法長久
僅僅只是一滴水
就能暈開筆跡
而她有過的心事
誰也無法看清

2

在大雨面前
所有人都溼透
像一種公平的詛咒

斜飛的線條落下巴掌
粗獷的雨勢提醒我
一生順遂的心願
不過就是夢想

我曾在那個水坑裡擺放紙船
在下過雨的午後
決心和你一起啟程
晶瑩的池面純白的船上
覆蓋皎潔的陽光

回憶中的溫暖
不足以將長長的雨季烘乾

當你為我送來傘
當傘又被狂風打壞
當船的白色滲透進雨點
暴風雨中沒有人生還

你是紙糊的
而我也是

形影不離

1

粗糙又滄桑的想念加劇
我的心上有厚繭
每日加餐飯
先活下去才能愛

2

吃飽了
但靈魂饑餓
是狹長的隙縫在身後張嘴

準備隨時吞滅我

3

要是你的影子也在就好了
形與形之後
拖著兩口棺材
生老病死都一起
走一輩子的路

4

我胖了
想你就吃一口糖
生活就不會太苦澀

5

風一一吹過
風景有了裂痕
有些黑是可以被吹開的
比如髮以及火災裡的濃煙霧
而有些黑聞風不動的
比如生著根的土壤和你的影子

影子跟你一樣
是不心動
是不驚動的

愛

1

有人在我的杯裡注水
再一口喝乾
留給我空空的玻璃
我以為那是一口鐘
喜歡它唱歌
就敲它一下
歌聲碎了一地
我的手裡全是紅色

2

在大雨滂沱的屋子裡躲避
玻璃窗不甘心的滴答作響
乾脆衝出去淋漓到底
細針扎透身體
整個人是森林

3

會有安靜的雷嗎
我聽見了
很害怕被擊斃
在曠野裡我蹲坐著
揣著一顆畏縮的心

4

身體是溫柔的肉
話語是銳利的骨
一邊擁抱
一邊戳爛
白雲的邊緣泛著水氣

5

花開的時候那麼好看
我有一整座花園
他們在大旱的時候
不被命運青睞

6

與一個人生活
靈魂被編成髮辮糾結絞繞
好像燈芯
燈裡伸出火焰
別怕還可以再燒一段日子
明亮的生活裡
有毀壞的臭氣

傾斜的天平

1

我的一生全因為你
而開始有了消息，
我愛所以
你是好的
儘管你常常為我的生命帶來
壞的消息

2

沒有雨

沒有眼淚
大悲無言是霧的狀態
是視茫茫而
心已蒼蒼

3

花很美
懸崖的花
傾斜的長
不是被誰所種下
是被埋葬的痛苦所滋養

4

愛你的人掏心
他給你的磊落又光明
你卻走不進去
覺得自己好像小偷
在空洞的房間
找尋藏身的抽屜

5

也沒有太多
因為少
不至於一無所有
卻點點滴滴在漏

所有有價值的東西到頭來都變成假鈔
金額不賴
卻無法兌換

蘋果泥

1

「我的愛是碎的你要嗎？」
「剛好我的也是碎的。」
但太粉碎了
拼湊不出生活

2

碎的愛全拿走了
拿不全像麵包屑一路掉落
他們全被浪費

像字寫得鏗鏘有力
卻沒有讀取的對象

3

貧窮的人
視自己的心為蘋果
捨不得吃
因為匱乏
給不出去
總是挨餓
然後有一天心就腐爛了

4

我擁有過一個人
在漫長的歲月裡我丟失了他
然後我就不健康了
然後我就一直病
未曾好起來
耳機裡全是哭聲
那是別的病人在唱

5

指著虛無的空氣說
這是我的
因為我呼吸

我還能呼吸
留著一口氣
掐著自己的心告訴你：「看啊，
那些都是蘋果的泥。」

新娘

1

黑暗類似髮
光類似瀑布
月色類似狡兔逃竄
在我皎潔的肌膚上停駐

我一直在等你
等天亮的時候
出發至草原

像嫁往大漠的新娘
無依卻堅強

讓那些低低樹立的綠針
誠懇賜我痛的感覺
以為自己遍體鱗傷
於是故意踩壞
讓黑綠色的草汁
在陽光下沸騰的癱瘓

拿陽光探測我
我的靈魂與影子同類

有深不可測的髮色
瀑布般的陽光
正全數驅逐我身體的月
瀑布潛伏體內
我嘩啦多水
而看起來如炭
熾熱易燃

你滿意這樣的新娘嗎
她的愛與慾
如月色細膩狡猾
如陽光明亮燙人

2

愛情的堅貞與背叛
如何融合為一體
像禮服柔軟的絲綢
鑲嵌硬朗的金線
肌膚承受扎人的痛與重
試圖讓自己看起來美麗

不要一口咬開
黑瓜子的硬殼裡藏有
柔軟的白心
等到深愛過後才發現

堅強的顏色
比純潔更深
比樹蔭厚重
為了掩飾柔軟易折的內裡

以悲傷為食的獸
潛伏在她生命的坑洞
打地鼠般不間斷出沒
沒有新郎成為拯救的英雄
得靠自己親手埋掉饜足的獸

會不會開出花呢
不像婚禮捧花無根

隨時就能拱手讓人
人生中，汗與淚也是一種澆灌
也可能會長出瘦小的幸福

貴重

1

有時石擊中石
有時石被接住
蕩漾出圈套一般的擁抱

2

每一次的匍匐前進
都溢滿水花
以為下一秒就有仙女
獻上比金銀可貴的真心

3

生活是深淵盪鞦韆
或是想未雨綢繆的時候
閃電又暴雷
晴天的時候哭
讓陽光晾乾
雨天的時候笑
雨傘也變成屋簷

4

很抱歉
這幅拼圖缺了正中間那一塊
從很久很久以前

被你帶走以後
我就清楚
胸口打開
有一個山洞通往黑暗

5

要怎麼讓一顆石
變成一顆心
破銅爛鐵太重
有人卻願意承受
並且肯定
覺得金銀也不足以
替換掉你

6

你雙眼的湖泊
有一朵花盛開
什麼斧頭也砍不了
只能摘

壞氣候

1

當他經過我卻不理會我
此刻，我就是他的影子
我也可能是她的或你的
街上那麼多人路過我
我是一切物
一切夢幻
是被生活所虛構
又被他人遺忘的影

2

當我正經歷某個人而他最後不得不放棄了我

3

壞氣候將我全身圍困
如雪白的繭
等待被他人剪裂或撕毀
我笑聲如裂帛
陰鬱的靈魂被包覆在裡面

4

生活總刺繡出頹敗的我
漏水的屋簷徹夜歌唱

是足夠無邪才會被秋冬的邪氣所入侵
而我本來是
可愛的
可被愛的
可被他愛的
可被他人愛的

如今傷風於壞氣候裡
沒有生如夏花艷麗
但夏天的焰火在我體內
所有靠近的人
同歸於汗水
同歸於灰滅

虎的色調秋天的枯葉
一個適合浪蕩的季節
但我暫且不壞
因為氣候壞
壞的天氣適合懷人
假裝將你裹在外套裡面

內憂外患的秋
我睡得越來越晚
越來越少
或者乾脆不睡

心如止水

1

一池春水
朵朵漣漪
碰到冬天
就結了冰

2

一根一根的針也破不開
細雨柔情

輕敲冰層
卻無人理解這雨聲

3

白銀冰冷堅硬
黃金是另外一種
拿在手裡狂喜
想像我的骨是銀膚是金
我臥在冰上
冰層是否會裂開他的嘴
因為某種得到的喜悅
吞沒我的軀體

4

攜帶冬天
他還很胖
但沒關係
再過一日是春了
再過一日是夏了
他減肥到只剩一塊碎片
我放進口袋
覺得冰
緊緊一握
感覺痛
然後手掌溼透

想猜一猜
手心現在的顏色
我伸出手

5

比冰塊軟
現在是果凍了
我一吹氣
果凍搖晃
但還是凍

幽靈是……

1

幽靈是靜物
他坐在房間裡的正中間
誰都可以穿透他
帶走一粒灰塵

肉眼因此哭泣
卻不知道
是心眼裡鑽進了小小的執念
來自幽靈的憂鬱

2

幽靈不是無情物
他磨蹭人的體溫
琢磨愛憎

借來黑色斗蓬套住自己
跟蹤喜歡的人類
看他驚慌受怕
看他回眸以後笑
以為幽靈是自己的影

3

幽靈也可以是吉祥物

派對裡太多奇形怪狀的打扮
迴光返照的舞步
這邊的人都喜歡當鬼

他是最最最受歡迎的
可以是怪物也可以是尤物
幽靈自在做自己

4

還是幽靈是動物
那圍繞一盞燈飛舞的蟲子們
是幽靈驅使他們去繞他的鬼火
舉辦小型的營火晚會

每當有人說起鬼故事
幽靈期待
這次故事的主角會是他

用話語梳理他的一生
重建他的骨骼與輪廓
當聽眾都豎起汗毛
幽靈感覺興奮
感覺自己可以在故事之後現身
贏得眾人的熱烈尖叫

5

其實幽靈是植物

把我的骨灰撒在那個盆栽裡
我漸漸美
開了花
我會變醜
再枯萎
又完成了一次活的步驟
在一株植物身上複習生命
反反覆覆
好像電影重播

6

幽靈可以是寵物嗎
來參與降靈會的人渴望良好溝通

大多數的事情都可以談
一次毫不隱瞞的心理治療

然後就把幽靈養在心裡
當霧氣撲向玻璃窗的時候
在上頭寫字
給出來散步的幽靈

再打開窗
敞開掌心
與霧氣相抵

平安夜

1

我不知道他是否也像我
迷失於內心的雪地
有零亂的腳印在此
等候的人進退失據
來過之後遠走
熱烈之後冰凍

2

越來越暖化的氣候

連乾癟的北極熊都晒黑之後
世界會不會有變好的可能呢
在夢境崩潰之際
撿拾希望的碎玻璃
當作梳妝的鏡面
開始部分部分的整理起自己

3

純白的小鎮古色古香
適合一起生活
每個有禮物的夜晚
都擔心爐火太旺

煙囪日以繼夜蓬勃的發燙
純白的小鎮活色生香

4

滂沱的今日
雪已經越來越胖
下到冬至
才明白湯圓的祕密
他們都曾是雪人豐滿
立在冬天的世界占有一席
如今只願占領你的胃口
在你的嘴裡流出飽滿黏稠的

花生芝麻蜂蜜紅豆奶茶
五顏六色的愛意

5

天涯何處無聖誕老公公
今晚他必須在四歲小男孩的襪子前面
祝願他無憂無慮
祈禱他平安喜樂
再用鈴鐺句點。句點。句點。句點。
小男孩的夢境越香
來訪的麋鹿就越胖

聖誕老公公還遲遲未來
白雪先從天而降
天空懸掛長襪月亮
借來裝滿全夜空的星星
讓我的小男孩掛在床前
聖誕老公公只看見這裡有光
將全世界的禮物留下給他

難掩

1

愛是近身之人
愛為切身之物
愛有難言之隱
愛藏切齒之痛

2

討厭的他是石
愛的人像蝶
在經過的路上

我也可能是某人的
蝴蝶與石頭
又輕盈又頑強
有時飛入
有時砸過

3

消滅風
或者澆熄水
都不是火能做的事
火易燃的如此雄渾
也能瞬間體態纖細
把整個黑夜都借給你

讓你焚燒
燒出太陽
那是最大的紅蘋果

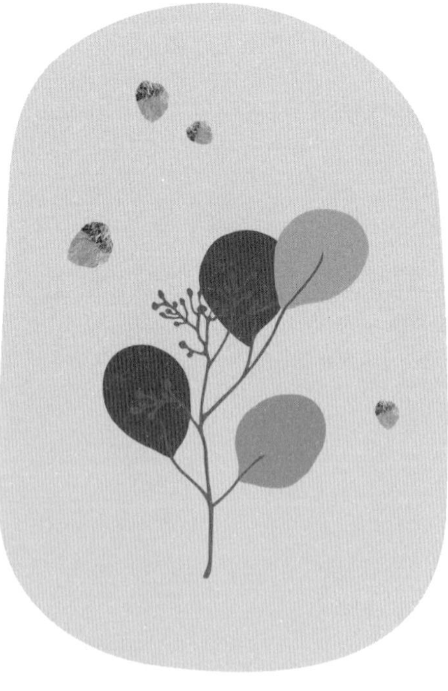

輯四

小小故事，哀豔欲絕

夢到以前愛過的人，在疾駛的列車上。
我倉惶的退至更後面的車廂，他偏偏還要追上來，懷裡抱著一個新生兒。
他急切的發問：「妳過得好不好？」
我在夢中咬牙切齒：「你怎麼還能問得出這麼寡廉鮮恥的問題。」
後來我就醒了，天色尚早，但怎麼樣也不肯睡回去。
那段感情最後停留在以怨報怨，好像我每天醒來只為了把自己撕開，再花費長長的一天組裝回去，拼得我面目不是模糊就是猙獰，許多瑣碎的記憶是火苗，日日感覺體內五臟俱焚，無法耐熱。
多年後夢見，理解到有些過去真的不用期望它會過去，也不用欺騙自己毫不在意，接受它暫時還是不可燃垃圾，擱置在路邊。
並不是每段關係都會是好看的風景。

一月

一月了
和十二月一樣寒冷的月分
籠罩在溼氣之中
我還落在你的後面

今天下午餵了一隻流浪貓
牠的毛髮蓬鬆但髒
我知道牠冷
可能很餓
但吃東西的樣子緩慢優雅

還有家貓的樣子
但不知道為什麼沒有家了
我覺得牠像我

肉體夾在日子之間
白天重疊夜晚
夜晚重疊白天
並不穿梭
舉步維艱
無家可回
貓輕盈
無聲的像影
終於躍在我之前

我仍遠遠落後
已不渴望前進
我的身上有些東西是軟弱的
比方堅強
例如尊嚴

開始承認我有些怕
一月的天空還是這麼愛下雨
像十二月

悲傷如掩面的少年

像個少年那樣掩面哭了起來
公車一輛一輛的過去
分別開往不同的路線
停靠不同的站牌
哭聲還留在車窗外
和城市的喧囂一樣響徹
誰的悲傷不是噪音
總是干擾人清靜

年紀漸長心境謙和
竟也有失控如水災的時候
是誰走近我的身體
再筆直的進入心中

心是容器
塞滿思緒

除溼機除盡水分
清淨機清潔粉碎
備受污染的城市裡
誰沒有藏污納垢的靈魂
未必能夠時時傲骨
有時我只想偷哭一下

在247與287交錯之時
在紅2與藍7接續縫隙

赴約的心事被載走
失約的人事永遠在累積
往後我是否也能保持乾淨
或是被消滅乾淨
那個掩面痛哭的少年
他的眼淚是清澈的水
先洗乾淨手
再洗乾淨臉

空城

多風的城市
多雨的午後
一天裝一瓢雨水送你
用正方形的長方體
或是球形的容器承接
告訴你一月的天氣
每一天都需要容器
將潮溼的水氣好好收集

你不會知道
有某幾天這個城市乾燥晴朗
彷彿不罣礙任何人事那樣的萬里無雲
發燙的空蕩的藍
不容納任何飛鳥經過

我卻在窗前想念異地的你
有幾個容器裡
是鹹鹹的思念
不是淡淡的雨

移情

如果在愛你的時候想寫一首詩
那是分心不愛你
還是專心去愛你
詩是給你的
將時間分給字

結果後來的後來
什麼都沒留下
只剩下這些詩

他們鏗鏘的意象
都是你的名字

失去

穿好衣服
人模人樣
沒有人知道我曾失去過什麼
吃一碗飯
慢慢的也吃完了
因為心裡饑餓

雪下在夏天
我的臉溼透
身體冷

會有神明嗎
今晚一個天使在夢裡告訴我
他現在幸福快樂

衣不蔽體

我們像綢緞柔軟互相包裹
幾乎想溜進睡去這內裡夠暗體溫很暖滑膩無比的撫摸裡

但心碎也如裂帛
有人喜歡它響亮清脆
於是你一遍又一遍將自己撕開
一道又一道的崩潰的閃電
天邊有大雷

假裝沒事
實際上衣不蔽體
愛的人才能看穿
他說你那麼多表情都是時裝表演
只有哭的時候
笨拙厚重的低低的雲
不停落著小石
致人於死地

原諒

一陣雨落在一陣雨
身體裡面
不談粉身碎骨
他們一起墜落在地

你見證
卻不可能拾起一滴雨
即使多輕
就像愛情

雨勢在你面前碎開的時候
整個窗戶都是眼眶
怎麼收拾都不乾淨

赴約

「我是你的。我帶我的生生世世來為你遮雨！」

——周夢蝶

生生世世太長
一場雨換一個傘做的屋簷
一個滴答的世界中
你如此乾燥且清爽

自成一個島嶼
形成一個圈圈

世界小而美美而窄
剛好夠一個寬寬的擁抱

雨聲塞滿耳朵
我聽不見你的聲音
必須輕輕的再輕輕的
你貼近了
輕柔的呼吸搆住了
在我耳底泅泳

在我的體內放進一個雨季
你的傘如此潮溼
雨的步子敲打過

起先散漫後來雄渾
你執著的擎著傘柄前進前進前進

而下一個雨季
若是你若是你
遲遲不來奔赴
便再沒有難遇的陽光
等在這裡受潮的人
淋漓於天空的哭聲
所有飄散的雨都潔淨
所有落地的水都泥濘

時間時時刻刻互相滲透

我們把整個下午的時間都拿來散步
陽光是我們的僕役
不斷的甩著他金黃色的頭髮
越甩越熱
越甩越熱烈
為我們服務出周遭的氣氛
夏天的溫度在我們之間引燃
琢磨是該退回春天
還是直接前進到秋天呢

在宇宙的變化中
手裡緊握一顆火種

你告訴我四季的奧祕
其實與愛無異
和你我關係等同
我怕我的手心溽溼
火星已滅
而你的手掌乾燥
適合點燃
但其實也可以是花種
有種關係不必大火燎原

也可以是繁花盛開
就從牽溼潤的手心開始

安安靜靜的走進生生不息的風裡
野火燒不盡
春風吹又生
互相滲透的時間
恰好是一輩子兩個人
所擁有的所有的四季

聚散

昏黃的牆壁掛著傘
一個人的懸吊
腳像鐘擺水下墜
靈魂滴答抵達水窪

浮動的玻璃
移動的車廂
世界的風景在窗外挪移
住在充滿夢的房間

思緒是水災
每夜蔓延清晨消退

明日野餐但我的心更像野外
無比空曠寂寥
許多人進來席地而睡或坐
彬彬有禮的分食我的冷漠或善意
再不緩不急的離去

我掛在那裡
是用過的傘
黃昏糊滿牆壁

兀自撐持的傘骨
一根兩根折斷彎曲
火車又在窗外經過
載走一些人

我是舊的
永遠有新的暴風雨
新的時間新的人事在群聚
時針分針秒針重合於一點
再各自帶開
然後一哄而散去

除溼機

你的雨一直下在我家門前
我沒有難過
房裡的除溼機成天運轉
我倒了又倒
難過的是它
還有整個房間
牆壁和天花板都是髒的

到了夏天天氣就乾淨了
流淚變成流汗

像一面大海
是天空的藍鏡子
天空流汗時
雨就開始下起來

有人借我手帕
借我傘
因為汗的身體和雨的身體
最後都會留在我的身上

沒關係
我有一台小小的除溼機
在心房運轉

每次你又遞給我烏雲
它就幫我擰乾

跳舞的火山

一年那麼遠
365步一下就跨過了
你始終這麼近
陪我一起倒數

今年好不容易
明年就在咫尺
用最後的一分鐘走去
一邊走一邊說：

「新年快樂，
新的一年也要喜歡你。」

煙火晴天霹靂
火山熱烈舞蹈
舊的事物爆開
疾病戰亂炸毀
跨步的時候
感覺自己朝氣怒放
蓬勃的活

在所有的花朵都盛開後
吵鬧的天空一瞬間安靜了

這是一個乾淨的開始
天上的星眨一下眼
你說這是1

人山人海
在擁擠的街頭
每一座冷卻下來的山裡都懷有一顆暖暖的心
說好了等數到365
也要和你仰望天空
一起再來看火山跳舞

末班車

揪緊沙漏裡的沙粒
坐上末班的捷運
窗外黝黑一如謊言
可以蓋住一切
只要月亮不要放光
星星不曾眨眼
那一切在黑裡的一切
沒有看到
不被看見

所有漂亮的詞彙
我耳朵聽見的
我會記得
會背誦
我所記憶的那些
一次一次
千遍萬遍

真相是黑並且冷的
在末班捷運上
我不去想捷運站外的黑暗
儘管等待我的只有在長椅上
倒臥趴睡的遊民們

長久的待在那裡
彷彿自己要生出根來

高跟鞋使夜色更加顛簸
風若無其事的與夜密謀
更加冷冽
更加冷厲
這天色已經太晚太晚
正如這一切
這一切也已經太晚了

重量

有點想你
跟很想你
每天在撲滿裡投下硬幣
有時一塊
有時十塊

直到有一天我變得非常富有
擁著完全抱不動的重量
才知道

要繼續活著
承擔的東西實在太多

再怎麼說沒關係
也不會沒有關係
因為已經知道
你這麼重

但沒關係
你這麼重

慎重

如果我不說
就沒有人知道
但生活中有太多時候想說話
身邊卻一個人也沒有

我有什麼
時日無多
感覺自己像霧氣一樣
漸漸朦朧
直到有人在裡頭寫

薄薄的寫著
銳利的字
字跡很淡
很快就被抹去
就像我

但真的有人寫過
因為這個
我拿深夜去複寫還原
派星星核對所有潦草的筆跡
直到睡著

封鎖的記憶再現
隕石被擊回太空
那時你曾
寫下你的名字說很高興
很高興認識過我

歲末

一面牆一面牆的築
日子是這樣打造的
從家徒四壁到充滿家具
和你面對面的吃飯
又一年了還是坐在一起
感謝這樣的重複
和相同的人吃一頓飯
人世間也就是這樣湯湯水水
冷暖共飲

那些風花雪月還是兇猛
陽光也是
你站在他們當中如此耀眼
忍不住更靠近你
想要讓自己的心跳也劇烈起來
忽然感覺手裡的這碗
是粥還是湯
燙了我一下
你接了過來
然後用剛剛好的體溫
輕撫了我

在那個早上
一切風吹草動
如果在我的心臟裝上耳朵
幾乎可以聽見一朵花微微的開了
在綠中火紅

輯五

賴活在還不賴的人生裡

不賴的人走在地面，身後跟著一個家庭，幾隻寵物。

而賴活的人在更上方走著鋼索，雲飄過他的身邊。

我有很多詩的空間可以角色扮演，如果我把詩寫糟了，你會不會至少有一些安慰，現實生活裡很多時候，沒有比一首壞詩更難以收拾，更困惑於理出頭緒。

走鋼索的人繼續他的特技表演，他有一整面天空可以搖晃，雖然更多時候，他的身軀搖搖欲墜，害怕自己失去舞台。

而走路的人腳踏實地，有時候他在詩裡讀到一朵雲，就抬起頭來，以為空中會有飛馬，走鋼索的人因此得以攫住他的想像，攫住什麼就緊緊黏向天空，別擔心，雲的形狀總是千變萬化。

於是，他們都覺得這樣還不賴，互相配合，讓想像力可以在人生裡賴活下來。

牧羊人之夢

一輩子也沒有什麼事好做
就這樣深夜裡醒來
靜靜看熟睡中的你
好夢之中有鼾

我貼在夢的邊際
數你的心跳一下兩下
然後三隻四隻五隻
那些不再迷途的羊群
在月光籠罩的牧場
陷入絨毛的夢境

唯有我一人是現實的
帶著難以言喻的喜悅清醒
安安靜靜的做一牧羊人的妻
幫忙管理你夢中的牧場
夜夜數羊日日想你

放牧的睡眠終於回歸
我的羊群全歸給你
不再驚醒的午夜
這次有晴朗的夢
有羊與你與雲
一同在郊外野餐
生活是青青草原蓊鬱

舞者

這裡太安靜了
像夜晚也像陽光
冷與熱原來沒有聲音
唯有我的腳步聲是音樂
日夜趕路把腳踢踏
手忙碌的擁抱每個路過的人
吻他們懷裡的故事一下

連鐵道都可以躺臥
那曾是我人生中與外界聯絡的通道

我的血管縱橫交錯
在體內奔流竄跳
心是感受的糧倉
紅的番茄鮮嫩易爛
火的蘋果堅忍好摔
跳動一下果實混沌
震盪幾次白肉易瘀

不是太在乎
也在乎不了那些在乎
晴朗的天空會欺瞞你烏雲的往事
僅管眼睛曾目睹雲的聚散
也看過無痕跡的事物不自覺的降臨

花葉顫抖出風的撩撥
時間的路徑在人的肌膚行走

我已經看過一切
才敢說風花雪月美景殘忍
蹦蹦跳跳最後的舞步
其中一些步履必須踮著
讓自己是一根針，某個瞬間扎人
好過總是花費時間去縫補
好的人刺傷我，但他們渾然不覺

最後幾步腳印凌亂
很慢很慢的跺著腳

是給自己的掌聲
肉體太過沉重疲倦
輕輕一推靈魂躍出

一秒一秒的傾斜變瘸
星星微微偏頭
在夜色大幕中
有明星一顆墜墜跌跌
閃閃爍爍

燃燒

「獨處時我感受到妳說的自由，卻又時時察覺到妳的不在。」

——《燃燒女子的畫像》

眼神總是錯落
陽光落至地面誰的影子黝黑
用手去承接溫熱
妳的軀體綻放我的前面
好想一路化開雪人的肌膚到底
知道妳身上也藏有夏天

有一把火從胸口竄開
誰的心臟是火種
與另一株心臟之間
火勢蔓延滔滔不絕
所有森林轉眼盡成廢墟
燎原過便足以撩人到底
情願座落於灰燼安身
終其一生以回憶取暖

音樂難以言說而愛
也是很難說得清楚
說了或許開心但
失落卻像藤蔓攀爬我的身體

穿一襲綠色的禮服
在端莊的外表下
我樂此不疲的想
那沿著妳裙擺燒開的紅艷花火
燒不掉妳

我的思緒是鳥
在暴風雨中飛奔你的門窗
像一枚閃電的箭
它射向妳
想撞壞妳
妳只承接
回憶使妳涉險在鋼索上

愛幾乎致死
畫妳的人使妳復生

聽一段音樂掉淚
在大合唱的時候
妳跳起舞來
企圖棄影子而不顧
撫慰過妳的目光能否從此不再錯落
嘴唇喃喃過一段情話般的咒語
在陽光下燒灼
當妳的森林殆盡之後
妳就是火
餘生來燒我的身體

有心

「我說謊，因為有了心。」

——《空氣人形》

我第一次認識世界
他的臉在正中間
牙牙學語的叫他的名字
像小心翼翼的捧讀珍貴的字典
路一小段一小段的摸索
在白日裡
也能看到煙火的美，影子結伴的黑

枯掉的蒲公英花苞小小的
從我的心復生成一小竄火苗

能為他燒出什麼
我的手指耐熱
去接觸他的體溫
指紋與肌膚之間一圈一圈
擦著、牽著、繫著
是魚輕輕甩開綠藻
淡雲滑過藍天空

說不出的我就說謊
有那麼一點大人承諾時的信誓旦旦

我的故事不好
於是將世界變成一張一張畫
在公車上的窗緊著湊著
或者和他一前一後的散步著

怕有一天就老
又怕自己不老

白著頭的兩人
成雙的影子還是黑的

而他的夜有什麼
蒲公英的花苞死掉了
螢火蟲的燈光活了

小小的像我的心很小
卻在黑裡明亮的跳著

不，你不知道

每天清晨經過你的窗口
然後就是一天
重複又重複的人群中
其實只有我

不，還有風和陽光
他們時不時會告訴我
有些好的消息讓你跳你笑
因為我跟他們要好

雨滴和落花
他們很美但待我並不熱烈
他們總是將你的嘆息和抱怨
傳遞給我

你一無所知
你只是睡著然後醒來
我羨慕你
因你不知道自己有多麼好
因你不知道自己有多麼美

因為你不用知道
不會浮現在你生命中的我

仍然時時經過
你的窗前

你以為人來人往
你以為朝氣蓬勃
你喜歡在你的窗前
平靜的經過的人們
與你安靜的相遇再
沒有情緒的分離

雪人的心

餅乾、熱茶、雨聲
就這樣的一個下午
冷的天氣裡
疊上了體溫
坐在窗口看一個雪人慢慢的融
好看的小帽以及堅挺的鼻子
全都跌落在一個小水塘

「雪人去了哪裡？」妹妹問我
她杯子裡的牛奶有雪人的膚色

我說他去了春天旅行
身上的白一一分解給
天上的雲，風裡的棉絮
撒落蛋糕的糖霜，及晚餐要加的鹽裡

雪人酸甜苦辣
遍嘗各種風景
他曾在冬天站如石像
如今已經不是冷漠的人

白胖的小男孩跑在風裡
跟妹妹一起玩
而我坐在窗前看

一個非常非常美麗的春天
在最冷的冬天裡
奔跑的被誕生出來

季節已經不準備冷了
我輕輕敲著手裡的雞蛋
看他降落在熱騰騰的鍋裡固型
春天就是這樣
不太冷也不過熱
盤子裡的荷包蛋戳了一下
留出汩汩的黃蜜
是液態的太陽
是雪人融化的心

不如我們結束

何寶榮：「黎耀輝，讓我們從頭開始。」

——《春光乍洩》

但是腳是會走的
在回頭與轉身中間
不過一次聚首
長則幾年短則數月

所有的畫面都是黑白
每一次回想

沒有褪色的問題
雨絲斜斜的打在胸口
像一道一道斷斷續續的縫線
多年以後
我還是沒有辦法縫補完全

人聲是吵雜的
足以蓋住窗外大雨的澎湃
可能室內的人海更沸騰
我撥開各種聲音
你沉沉的坐在那
在黑白色裡
嘴唇有心臟的顏色

只要你說一句話
我的心就鼓譟
石頭在山坡中跌墜
鳥兒的翅膀變成了手臂
有人在谷底敞開掌心
只為了接住一滴雨水

那滴雨水可能也落下在
你經過的土地
那天天氣很悶
我聽見你胸口有雷
我漸漸累了

真的
在雨勢變成瀑布以前

一貧如洗

我的內心有火焰
臉上有雨水
我有什麼
你無憂無慮的笑在照片
你的背影時現時滅

看似很輕的東西
有垮掉的重
比如稻草或者棉絮
堵著不通的管道

等著飄進誰的眼睛

陽光亮起來的時候
有鳥在大叫刺耳的像
晴空裡的那道閃電
攔腰砍斷湛藍
光明磊落的雲心有不甘

關於擁有
我有一整個空空的口袋
海水清洗後
夏天晾乾滿滿的鹽巴
去醃我心頭的傷

水時常跌倒
用石子的步伐
鏡子總是破碎
碎在我捫心自問時
有沒有一刻我有真正的美
在你的目光
你刻骨難忘

才發現
沒有的東西比有的多
我的手心永遠落空
當鹽巴溶解成海水
口袋恢復一貧如洗的輕鬆

而洗過的身體在水裡泡著
有核桃皺紋的蒼老
並且重
並且不重要

濱海線公路司機的生活

有時候會懷疑，濱海線公路司機在無人的站牌
卻每一站都停，只是為了拉開車門看一看那藍
無垠的光亮在海的面上撲粉，像美少婦的臉面
盈盈之間的眼光盡被海波打碎
無法讓海久等，必須常常照面才行

一個人置身於人海之中的孤獨
在這濱海小鎮獨居的歲月裡慢慢的撫平
有一隻魚躍出水面，一朵花隨之盛開
他的心上也有無數的花瓣慢慢叢聚

開著車當路面淋漓
大雨的滂沱與大海的磅礡連動
天空強勁的體操，汗如雨下
天空吶喊著什麼，口沫滔滔
輪胎上也開出巨大水花，好像
自此擁有無比的信心可以駛向人世的汪洋

也有晴朗無雲的日子，蠢蠢欲動的熱
鹹味蒸發於空氣的腥躁，感覺自己
是海的一分子，汗流浹背之後便可以風乾出鹽
海形塑他成一尾魚在陽光下蹦跳
白花花的醃製出活著的味道
拍打過心窩的海浪漣漪不斷

遊客魚貫上車的假日午後，好整面車窗填滿海
那一刻車廂充滿疲倦且乏味的美麗
他知道海的喧鬧即將淹沒安靜的駕駛座，連同
後面的人海一起，他們總是互相遇見然後讚嘆
人與自然之間的照面有時充滿聲響
而現在他只想靜靜的，將一生安放於車內
像移動的島嶼漂流在時間的海上
只是隨波逐流
並不乘風破浪

海的時鐘

與送葬隊伍一起前進的我啊
落後於人群
又須臾不離他們
將自己置身於天地
最終遺落在人海之後

孤獨的海浪啊
向我招手
聲音嘩啦嘩啦又嘩啦嘩啦
大聲的嘮叨

孤僻的人一生也說不了
這麼多這麼澎湃的話
只是看花
一日又一日的開
一月又一月的萎
一年又一年的再長

「我是永不凋謝的……
我是生生不息的……」
海說
當我隻身一人
海說

當我與誰成對
海說

直到有一天
我帶著身邊的小孩
海攢了最小的一朵浪給他
他跑了又跑
海拍了拍沙灘
像一張巨大的相片
我們的腳印被沖洗在上面

孩子像海
日復一日的漲起來

笑起來像海浪的花
我彷彿又聽見那聲音
「我是永不凋謝的……
我是生生不息的……」
海翻過身
孩子笑著跑離開身後的那無邊的海
轉個時鐘的圈
成人以後再跑回來

與送葬隊伍一起前進
這次我不再落後於人群
我在他們中央
在天地之間

海以各式水花送我一程
這一程註定我將
泯滅人海之中
時間不會遺落我
注視我如同注視他人
一覽無遺的老
再一無所有的死

在柵欄落下以後

他們之間就像疾駛順暢的列車
鐵道寬廣延伸直到
其中一人不明所以的，離開他的座位
當平交道柵欄落下，她隔著玻璃彷彿
在濃霧中揣測不明的風景，懷著
幾個世紀的猜疑，與窗外的他互相凝望

也許從此就失去了他的下落
暴發戶的愛往往坐吃山空
在警鐘的鳴叫響起之前，在火車過去之後

煙硝戰火般的餘韻，她幾乎忘記
遠方馬路上的車流聲曾如此紛擾
堵塞住每日的生活

那時候走很長的路，隨意搭朋友的車
或是付給計程車司機剛好的車資
一個人的交通不是難題
或是走路，親切的與路過的貓狗閒話
因她總在同一條街道，與牠們頻頻遇見

然而現在得花好多時間，撿拾在鐵道上
分崩離析的自己，拼湊出完整的姓名
在下一次柵欄落下之前

趕著離開平交道，再次成為舊日街道上
為流浪貓狗命名的無家者

恍然間明白她的生活
不是落下柵欄，就是落下風雨
在躲雨的傘下瞥見生鏽的傘骨
瞭解了困頓可以是形而上，也可以是形而下
而她內外皆具，皆懼

鐵道在她面前散發出堅硬的光澤
她猶豫該不該大步橫跨
還是在此鴻溝旁來回踱步等候契機
太陽與雲層在天空相撞

像裂開的蛋，血痕深入雲裡
在還未爆炸之前，在她尚未逃走之前
柵欄正在下落不這麼靜悄悄的
像僧侶複讀經文，如雷的木魚

駛過的列車上，終於
有人用深深的注視剔亮了她的心

外婆腦海的風景

衰頹的軀幹有斑駁的黑點，曾有過
鳥語花香的茂盛時光，那時我還小
她頂天立地，濃厚的樹蔭供我乘涼、遮雨
當我逐漸長大，樹還是駝在那裡
逐漸無法庇蔭，我終於高過她

她揮動手，有一陣風吹過
手上的紅白塑膠袋鼓脹，空洞令風呼嘯
裡面的青菜和肉呢，她翻找記憶
遍尋不著今天下午發生的事

但她記得去年物價，肉、蛋與菜物物皆漲
也許因為颱風肆虐？如今好天氣已經棄她而去
各種聲音在樹梢蕩漾，她聽不清楚自己

生活是否讓她失望？我常在想
至少現在她可以忘懷那些失望
樹枝縱橫天空，一格一格切割那些明亮
終於使投射而下的陽光，聚於少數溫熱的地方
我和她坐著一起痛罵，陰影狡猾的抱住記憶
一團糟的隱身於山洞，我們摸黑整理
家庭成員的名字，來訪的客人，發生過的事情
我為她娓娓道來，一一唱名

晴朗灑落，今天仍繼續進行
她愉快的提議：「不如我們晒晒太陽。」
當我是個友善的陌生人，我牽起她
讓熱度暖一下稀疏的頭頂
樹枝被風、鳥、孩子的擁抱輕輕搖晃開
陽光和陰影交換，明暗地磚交錯成軌道延展出來

她反覆的問起每一個家庭成員的名字
包括我，我回答她一再重複的回答
碎碎的音響拼湊出臉，召喚讓我們回來
她的腦海浮現一座車站，又送行我們離開
終於有一天火車不再進站，外面的樹
微微的傾倒，有一支樹杈橫過月台

嶙峋的指骨被這份滄桑包覆
她有預感：「那棵乾枯到近似燒焦的樹，
時間在砍他了。」當閃電劃過
在那個節骨眼，所有的家庭成員排排坐在樹枝上
有胖有瘦，高低錯落，樹枝有斷裂聲響
我們跌落樹外，又變回火車上的旅人
集體通過她的腦海，過多的記憶使她變形
她不在車廂裡，她是孤樹，是山洞

失敗的個人史

我向諸佛神明展現我的歷史
各階段的困厄與憂鬱祂都知道
在每次祈求中時間恍若暫停
有光有聲，在我耳目旁輕輕訴說
神喻該如驚雷還是鳥鳴
我能否聽懂一字一句

中年以後開始回顧自己
小時候許願考上某間學校或擁有某樣禮物
只要去讀夠多的書或攢滿小豬撲滿

到最後總能心想事成，神明只是含笑勸勉
而今，越來越覺得身體健全或是情感順遂
才是艱難能得，每每困惑路途走偏走窄
先是遍體鱗傷最後精神麻木渙散
神苦笑的望向貪多傷多的眾生
有一個我跪在裡面

毀壞的時光伴隨著貢品呈上
與眾多信徒擠在香火裊裊之中
進行出一種降靈的氛圍，想與祂對話
必須先擲出手上的筊，獲取話語的靈籤
時鐘一直原地轉圈，時針分針催促雙腳往前
最後又回到這裡，帶著受傷的心與老去一點的身體可望重新調整校正出對的人生嗎？
即使只是獲得微調，最後還是沒有改善
可望淪為渴望，人世間的鐘越精準
你就希望待在這裡的空間能擴散
深信最後神會超脫時空，躲避
星辰的窺視，耳聾時間的喧譁
從宇宙中降落，為了報信眾人那些
關於愛情、事業等等的種種祕辛

陪你一一細數人生所得到過的小小勝利
聽你痛哭無來由的幾次大潰堤，然後
在一敗塗地的午夜，結束杯盤狼藉的派對
遣散看熱鬧的人群，你在第二天的午後

千里迢迢趕來這裡，像陀螺總是轉地
時鐘擅長轉圈，信仰被視為某種圓心或筆尖
重新開啟新的願望，只是角色又老了一歲

而今我的神明垂垂老矣，風的聲音欲振乏力
因我已經一再虛擲，在時間的迷宮
走成有瑕疵的流浪漢，卻總是
有暇的一再回顧並且懊悔不已
什麼都沒有的手上握著香
再次擲出筊，這次是逗點還是句點？
是擲地有聲的鐘還是終？神這次
沒有話要叮囑我，當我又再度丟失自己
光陰凌駕我、刻壞我最後焚毀我

神的香爐裡面撒滿信徒的沙漏

多少人的人生攤平在那裡，沒有誰是特例

我只是站立，於是一炷香也能燃燒我

但這次我無話可說，無願望，無許諾，無所求

國家圖書館出版品預行編目資料

白晝之花 / 楊瀅靜著 . -- 初版 . -- 臺北市：
聯合文學出版社股份有限公司 , 2023.3
232 面 ；14.8×21 公分 . -- （聯合文叢；723）

ISBN 978-986-323-525-5 (平裝)

863.51 112002480

聯合文叢 723

白晝之花

作　　者／楊瀅靜
發 行 人／張寶琴

總 編 輯／周昭翡
主　　編／蕭仁豪
編　　輯／林劭璜　王譽潤
資深美編／戴榮芝
業務部總經理／李文吉
發行助理／林昇儒
財 務 部／趙玉瑩　韋秀英
人事行政組／李懷瑩
版權管理／蕭仁豪

法律顧問／理律法律事務所
陳長文律師、蔣大中律師

出 版 者／聯合文學出版社股份有限公司
地　　址／(110)臺北市基隆路一段 178 號 10 樓
電　　話／(02)27666759 轉 5107
傳　　真／(02)27567914
郵撥帳號／17623526 聯合文學出版社股份有限公司
登 記 證／行政院新聞局局版臺業字第 6109 號
網　　址／http://unitas.udngroup.com.tw
E-mail:unitas@udngroup.com.tw

印 刷 廠／約書亞創藝有限公司
總 經 銷／聯合發行股份有限公司
地　　址／(231)新北市新店區寶橋路235巷6弄6號2樓
電　　話／(02)29178022

出版日期／2023 年 3 月　初版
定　　價／380 元

ISBN 978-986-323-525-5（平裝）